文		鞏孺萍
圖		王祖民 王鶯
責 任 編 輯		倪瑞廷
美 術 編 輯		蘇怡方
董 事 長		趙政岷
總 編 輯		梁芳春
出 版 者		時報文化出版企業股份有限公司
		108019台北市和平西路三段240號七樓
發 行 專 線		(02)2306-6842
讀 者 服 務 專 線		0800-231-705、(02)2304-7103
讀 者 服 務 傳 真		(02)2304-6858
郵 撥		1934-4724時報文化出版公司
信 箱		10899臺北華江橋郵局第99信箱
統 一 編 號		01405937

copyright © 2024 by China Times Publishing Company

時 報 悅 讀 網 www.readingtimes.com.tw

法 律 顧 問 理律法律事務所 陳長文律師、李念祖律師

Printed in Taiwan

初 版 一 刷 2024年 1月26日

版權所有 翻印必究(若有破損,請寄回更換)

採環保大豆油墨印製

到底是誰放的屁

文－鞏孺萍　圖－王祖民　王鶯

傍晚，鼴鼠從洞裡鑽出來。

什麼聲音這麼奇怪？

剛才有一個奇怪的聲音，
好像是誰放了一個
很大很大的屁。

4

大家都聽到了，
到底是誰放的呢？

大象塊頭大，一定是他放的！

那個屁**很高**很高，像火箭一樣。

長頸鹿個子高，一定是他放的！

12

那個屁 **很快**很快，

咻的一聲……

獵豹跑得快，
一定是他放的！

不是我！

那個屁 **很臭**很臭，難聞死了！

是龜的屁最臭了，一定是他！

不是我！我的屁是這樣的……

噗！

不對，不對，
那個屁比臭鼬的屁更刺鼻，
而且是**連環屁**。

斑馬跑起來噠噠噠，
一定是他！

那個屁威力好大！

一定是老虎！

這時從遠方傳來巨響。

轟轟！

咻！

碎！

不好啦，
屁又來了！

鞏孺萍

　　中國作家協會會員，海外華文女作家協會會員，曾獲冰心兒童文學新作獎、中日友好兒童文學獎、江蘇省紫金山文學獎。作品入選「向全國青少年推薦百種優秀出版物」、中俄文學作品互譯出版項目、「中國童書榜」100佳童書、上海好童書、桂冠童書等。

　　著有《窗前跑過栗色的小馬》《我的第一本昆蟲記》《打瞌睡的小孩》《今天好開心》等兒童詩集以及繪本。作品被譯成英語、法語、俄語、阿拉伯語、越南語、土耳其語等多種語言在海外出版，並被美國普林斯頓大學兒童圖書館、德國慕尼黑國際青少年圖書館永久收藏。

王祖民

　　蘇州人，現任《東方娃娃》藝術總監，著名兒童圖書插畫家、資深編審、《兒童故事畫報》原主編。代表作有《會飛的蛋》《梁山伯與祝英台》《新來的小花豹》《豬八戒吃西瓜》《虎丘山》《我是老虎我怕誰》《六十六頭牛》等。其中，繪本《虎丘山》曾獲聯合國教科文組織「野間獎」，《我是老虎我怕誰》入選2016年博洛尼亞國際插畫展，《六十六頭牛》獲第二屆圖畫書時代獎銀獎。

王鶯

　　南京師範大學美術學院畢業，現任江蘇經貿學院藝術系美術教師，曾於2013年赴美國加利福尼亞大學做訪問學者。《我是老虎我怕誰》繪者之一，代表作繪本《丁點兒貓找朋友》獲江蘇省「五個一工程」獎。